月光梯子

石莹 著

陕西新华出版

太白文艺出版社·西安

图书在版编目（CIP）数据

月光梯子 / 石莹著. -- 西安：太白文艺出版社，2024.5

ISBN 978-7-5513-2600-1

Ⅰ. ①月… Ⅱ. ①石… Ⅲ. ①诗集－中国－当代 Ⅳ. ①I227

中国国家版本馆CIP数据核字(2024)第079094号

月光梯子
YUEGUANG TIZI

作　　者	石　莹
责任编辑	赵甲思
策　　划	泥流文化传媒
封面设计	清　欢
版式设计	建明文化
出版发行	太白文艺出版社
经　　销	新华书店
印　　刷	三河市华东印刷有限公司
开　　本	880mm×1230mm　1/32
字　　数	85千字
印　　张	5.5
版　　次	2024年5月第1版
印　　次	2024年5月第1次印刷
书　　号	ISBN 978-7-5513-2600-1
定　　价	50.00元

✦ 目　录

✦ 第二辑 关于火的 N 种可能

✦ 第四辑　森林里有鹿

第一辑

植物的第三重性格

蔷薇

"我喜欢一切美丽而危险的事物。"遇见的时候
她刚从围墙里翻出来
目光闪烁两个涉世未深的词语

"去想去的地方，见想见的人，"她说
"在内心养育一匹野马。"

生活不需要太多规矩
女孩最后会选择回归，同所有女人一样
做一个母亲，相夫教子
但是我们禁锢不了一个人内心的兽
她跨越栅栏，她长出犄角和刺

她站在我的面前
像一个勇士
脸上荡漾着阳光，她的盔甲附满荆棘

她在子宫里种花
仿佛对着一面镜子：她伸手进去，从镜面深处
剪下一束蓓蕾
插进厨房窗台的花瓶

鬼针草

锥形植物种子模仿家谱
在流动的风里诉说姓氏的源头以及走向
我相信，枣林的草木都有个性
像我的外公
喜欢绝不拖泥带水的果断
而我的外婆则是一池绵延的涟漪
轻轻荡漾
就波及整座城池
把远走的捎带回偏远的山脚
山风是逆行的，它绊住上山的脚步
我和它反复确认过用意
如同探究骨骼里的乡音，一粒方言的种子
长在唇齿上——

当我们开口走漏异乡的口音
就扎痛淡忘的音区

苣荬菜

雨水把路人扫进屋檐，她是其中一个
赤脚。背篓压住整个人的生长
躲闪的眼神仿佛屋后开黄花的矮小植物
在门槛上留下一双泥泞的脚印

患心脏病的母亲在生她时离开，这是我对她唯一的了解
一只被雨水淋湿的麻雀
落进我院子，整理羽翅
并在我的眼睛里啄下印迹，又悄悄消失

"我需要一杯酒，用以忘却新鲜的故人。"

回中坝村的日子。我在雨后的泥土味里，修复失眠
从新摘的苦菜里咀嚼甜的病根

在我喝完母亲熬煎的中药的时候——
一个戴黄花的女孩，闯入我的纸上

梅花

"总是在追求语言的技巧之后，又回归简单。"
你站在阁楼上
话语从头顶上漏下来

我们用留白表示雪
花瓣零落，仿佛宣纸上散落的墨迹
我们并没有忘记想要忘记的，梅枝的突兀
在我们之间愈发明显

花开在雪下面，有微弱的气息
时间并不是良药
更多的白提示情绪的汹涌，语言带着六角形的尖锐
再后来雪花把自己摔碎在花蕊上

是的，不管走到哪里，我都不会忘记
"不要往我的脚印里扎钉子。"

我们与自己道别——
雪中的脚印清偿原本的苍莽

树孩子的诗

佛手瓜挂在马尾松身上
仿佛多余的问号
"离开与残留，是否能兜住整个雪季的乡愁？"
直到我们进山，问号才被消解。

借着风的唆使，问句重新包抄
足印从积雪上翻滚出浪潮
密集的句式忙于接收来自土地的号令

月亮偷偷吐出泡泡挂上去
某个时令的气球正悄无声息地升起
"冬天吃掉满树的自我，是否分身无数个小我？"

摩擦的性质不可描述。类似某种暧昧的剐蹭
在词与词之间生出歧义的锐角

故我和今我在一场激烈的心理活动面前缔结盟约
"看到没，松鼠留下的松子和带走的那颗一样。"
同一个我。正面与背面

在这被季节揉搓的土地上
站着马尾松
更多的是被压制的苔藓——
"遇见和别离，不过是某个画错的时间轴线上
萍水般的相逢。"

昙花美学

教堂的钟声荡开我们之间阻隔的事物
塞维利亚的午后，我们遇见
仿佛一本书预设好的桥段——

我的心事溶解在一杯黑咖啡里，你走过来
像刚从中世纪穿越过来

黑礼帽下面流出治愈的笑容，是后来加进去的黄糖
你坐下来
我们从希梅内斯聊到日本俳句。鸽子从钟楼里飞出
像一个个句读构建的底层空间

夏末的风夹带风车茉莉的味道，树下流淌出
情人的笑语
扑棱翅膀的声音宣告另一种结束——

我们告别，就像此时常有的情景
"在我住过的窗口，不再会有人默默地倾听。"①

---

① 希梅内斯诗句。

接骨木

置身季节的罅隙。与行走和停留无关
光阴的錾子绽出花火
是一行干燥的辅音

南方的泥土煎煮北方的茶叶。树叶脱离了树
就失去了籍贯
回家的路被天色冻僵

我们，垂直降落——

在炭火上找到粉碎自己肢体的方寸
被火焰扶起的蒸汽，在阁楼上站着

茶渍渗入岩石，仿佛笔误
画下的痕迹是龃龉的声音

霸王芋

邀请你陪我一起跳舞。给我阴影
也带给我庇护
我们尝试更感性的舞步
探出的手掌，一直停留在空中

雪铺满院子。花狸猫用爪印
画金色的叫声
我给你写的信，是被冬天压着的种子

我们不断练习打结，又不断解开
像计算结果永远循环的数学题
坐进十二月的怀里。冬天，还是把最后的云朵
赠送给了我们——

"我会在雪的小腹上文下蝴蝶。"

雪，掩盖着春天，以及
皮肤上的汗水

木槿

来不及等你发芽，你就开花了
站在院子边上，挂着露珠和汗。来不及
喊出你的名字，你就跑远了
变成欲言又止的名词

空旷的院子中央，站着掉光叶子的树，和我
我们之间隔着大片沉默——

给你写信，已经成了一种习惯
心底的湖水在结冰
冰晶藏起尖锐的棱角，挤在一起
并不能带来多余的温度。我修剪枝丫，手上
藏着隐约的香气
仿佛呓语

在升腾的薄雾中
你离开的脚步踩坏了新剪的窗花
泥巴上晕开的颜色像早已凋落的花朵

而我，继续低头剪窗花——
剪破夜色的咔嚓声，只有自己听得见

蝴蝶兰

——致子飘

要飞。就愈来愈轻，轻于翅膀
轻于一阵风，纵身
坠入无尽的黑暗：他需要画笔，他需要情绪的
激扬
以便找到滑翔的感觉

而异世豢养的黑猫
用诡异的眼神植入情节，掏出一个诗人
内心最隐秘的声音
送至见与不见的交界

雪落无痕。很快就掩盖掉一只蝴蝶
挣扎过的痕迹
我只能通过弥漫的白
窥视到一个安静的身影。我看见你在振翅

你说："嘘！倾听我生长翅膀的声音。"

我回过头，看见光
从茧里透出，植物的体内又长出新的裂痕

萱草

庭院里的女人探出头，目送一个渐渐消失的背影
而房前屋后开花的草
骨如水墨，携带无声的奔流
在熏风里作画

当一封书信再从远方传来，女人已两鬓斑白
也曾清风盈袖，花香落满窗棂

"我们制造所有的矛盾，都是为了情节的跌宕起伏。"你说

是的，我们从一支画笔牵着的花开花落
进入一个女人的一生
穿插到另一个少年的浪荡漂泊
我们再被一根丝线提着，人偶一般擦干眼角的泪滴
等待又一次繁花开满小院——

中年的儿子轻轻摇着蒲扇
她闭着眼睛坐在摇椅上，嘴角带着笑，做着一个
开花的梦

紫藤花园

去往自己的墓地是安全的
我们站在时间的高处，把一条河的流动锁进眼帘
经过的城市
在我们的语言里微缩成一个逗点

"如果剪掉中间的岁月，我们将在折痕处相遇。"

通往昨天的道路长在盘旋的茎上
跟随蜿蜒，我们能走回情节里

紫色的云升腾在二教门前
我们用书页（哲学、医学或是机械制造）
掩盖自己的无知
而每一株花藤都是一座坟墓，埋着我们无法追述的祖先
它在春天开紫色的词语

"我说的并不是别人的故事。"你低下头

眼神抚摸眼神。我看见
藤萝的心事
在语言的混乱中跌倒在盘旋的野坟

苔藓

"我拥有自己的铠甲与面具。"

她应当是一个骑士——
甲胄在皮肤上生根。绿色蔓延，如同一只野兽眼睛里的光

蒲公英

时间的孩子
故乡是过去式，异乡来自未来
诗人在词语中设立未知数，一个词语堕入无数个
词语的分身
而春天是所有陌路的归宿

"闭上眼睛。要等待很久，你才会知道发生了什么。"
这里不是伊甸园
爱哭的小孩学会自己撑伞

我在其中一枚种子上寄生。遇见
春风化雨
就递出媚眼。伸过去苏醒的腰肢

苹果

女人一生只做一次美梦
比如：蝮蛇藏在鸢尾花丛中，月光下晾晒即将成熟的水果
蜗牛背着谎言
你走向我——

书上忘了写，树上只挂着一个果实，闪着光
仿佛那晚我们唯一能看见的星星
它的小腹藏着神的秘密

这就是为什么多年以后，我们还在异乡念起彼此的名字
海浪一次次舔舐沙砾
我划船去寻找和我一起分食月亮的青年

一生都用来赎罪了——
我们大声歌唱，是为了告诉自己
活着很完美

"我们期待的永不会到来，相爱的事物最终只剩下骨架。"
你捧着我的脸吻了又吻
仿佛啜饮空荡荡的山野

铜钱草

褡裢拴在腰上，有我喜欢的摇曳
和声音
在绝望之后，沦陷

"我们将互相忘却，但我
还想带你去赶海，
收集满沙滩的海星和贝壳。"
你的眼神把黑暗磨出光亮，仿佛渔网里捕捞到的希望

不是，不完全是——
你从根脚的淤泥，倾倒出一滴水的轻盈
点亮腊月的篝火

你把字条揉碎，放进嘴巴里咀嚼
"你的字带着甜味。"你说

我翻开一本书把你夹进去。佩索阿和你
挤在一起
"我们终究会成为彼此。"

菖蒲

1

象牙色的河床上，生出绿色的缠绵
到处都是水的呼声。我闭上眼
亲吻
河流微微垂落的睡姿

2

用头发在水面上写字
这个冬天
冷得更彻底。而在我脚下的淤泥里
——水的时针，转动金属的年轮
3

坚强是你的，柔韧是你的
只有你，是我的——

4

迟暮的草本，仓皇中落下江山和歧路

芙蓉

一叶涟漪翻涌出朝代的大海、乱石和沙礁
你将脸背向水面
如果落入水就洗尽铅华
有人试图用文字
打造十里红装，修筑一条栈道通向你

——你讲述诗书里的历史
为拒绝提供一个个证明
而人们往往只有无动于衷的耳朵
因此，有一树繁花都错付给流水
因此，也有落花成为枯冢——现在

只剩下
我记得你了

我将自己视为另一棵树，在你花落之后结语言的果实
——它会诉说
它能将一切永恒的熄灭
重新点燃

虎皮兰

"不管怎么样，我都要更加独立坚强。"
她语速放缓
从窗户望去
白鹭抓起一条鱼，瞬间消失
留下一圈圈荡开的波纹

"我曾经义无反顾，把他当成生命的全部。"
她的眼神被爱所伤
堆起雾的迷蒙
我反手递给她泡好的茶水。我很难
和她找到共同语言，但我依旧选择做一个合格的听众

她声音很轻，仿佛陈述别人的故事
——她推开和式玻璃门走进来，笑容挂在脸上
舒展精致的腮红
她给我讲做地产经纪的起起伏伏
以及盘下这爿小店的
每一个细节，仿佛我在屏幕上敲打出的章节

轻音乐在我们之间荡开涟漪
迎面递来茶杯的双手有昨天的柔软

"谢谢你——"她说
我合上书页，站起身来。桌上的绿植叶片晃动
空气中回荡着跫音

楠竹林

意境跌宕起伏，我们在雪中穿行
林间时有破竹声传出。在一幅水墨画里辞岁
"噼啪"在崖谷内
把更迭喊得格外清晰

"面对悬崖，你才会被迫张开翅膀。"你说
雉鸡扑棱而起的声音
划破枯寂
抖落身上的雪粒。季节的盐
撒落，成长有轻微的疼痛

竹枝弹动，在虚空中写字——

大自然的书法家比我们更早占领了的山头
飞鸟，制造其中的标点：
开弓没有回头箭的孤勇，又或者
一步三回头的依依

蓝色绣球花

山的远处还是山——
如果有风吹过来，就会掀开她的眼帘

整个夏天她在院坝里漂染刚织好的粗布
蓼蓝叶子揉碎后
呈现出古朴的蓝与靛青，与后来遇见的阳春白雪

完全不同。她用苗家俚语唱民歌
声韵蕴藏川黔接合部的流水
高昂处是蟒童滩上落下的几声鸟鸣，痴迷于歌声的清亮

我曾经在这样的歌谣里沉醉
兰草的清幽
也不及眼神的干净。时间的轻薄盖不住
我的莽撞也不行——

花坛边，一簇簇
蓝色的文字一直在等待灵感的到来：有时候是一根丝线
串起裙角的前尘往事
有时候，是三角铁敲击耳膜的一声嗡鸣

它在那里绽放，轻轻颤抖
以至于让你不会怀疑：爱
一直存在，从来没有离开

凤尾竹

语言从叶梢滑下来，在我们的脚尖周围
淌成清澈的小河——

时间隔得太久了
久到伸手触摸对面的你
仿佛隔着千山万水。几片竹叶脱离叶柄
飘落下来。我似乎听见

光阴破碎的声音。它像一只灰雁
在我们之间来回地迁徙

我知道，你为我种下的花有和你一样好看的笑脸
我们的内心刚下过雨
风没能把眼睛里的雨滴带走。我们用尽力气

仍然不能脱离时间之门的困围。"我为你放养
竹林清风。"我说
穿过枝节横生的黑夜。你囚禁我的梦

迎春花

回家的小路并不好走
你和我停下来
讨论属于昨天或者明天的花事

言语躲闪。我们总是跳开彼此语言里的霰粒
回忆里长着的青春痘
时间并没有给出解药

我指着岸边的植物，问：
"好不好看？"
忽略了彼此头顶上新的雪

而蓓蕾站在流水长出的胡茬之前，递出自己的小心翼翼

槐树

槐树的叶子还是六十年代的
它不分季节地绿着
吸引无数目光的抚摸
只有我知道它早已死去，是我故意忽略工业流水线
制造的气息
接受树叶摇动的手掌
招呼我们围坐下来

——我看见，胡玉音们的筲帚在我面前掀起
时代的灰尘
她们把自己放进光阴的磨盘
磨成更小齑粉

我也只是其中一粒：悄悄出现，然后安静消失

折耳根

"要靠近我，请先接受我的坏脾气。"我说
是的，坏脾气——
叛逆心藏在你手心里。挨挨挤挤，红色火苗
从芽口冒出来
三月的空气，有叛逆的滋味

我路过的天空，铺满彩色的词语
花开短暂，花落也是
一声惊雷就足以让爱情老去，像我看待世界和生活的方式
以另一种安静凝视性格里的繁花与荆棘

——风轻咬着大地的耳朵

家门口的椿芽又结了三五茬
乌梢蛇像列车一样，驶出禁锢

马蹄莲

你给我看的素描，像你——干净、警惕
倔脾气。眼睛是一个旋涡
我想探头进去，又怕沦陷

"我穿过滴着水的隧道构成的迷宫进去。"[1]
我们迟早会停驻在某个事物面前
展览馆的油画
或者是雕塑：白裙子遇见一场雨
我们互相吸引，被时间浪费
遇见杨柳、短亭，俗气的开场白和忧伤的省略号
遇见满是落英的小径
疲惫的中年停滞在涨起的河水边
你会起身，奔赴下一个旅程
春天已为你做好了选择

花茎陡直。眼神顺着它摔下去
会粉身碎骨——
"我们都会在春天的睡梦中死去。"你收好画纸
把它交到我的手里

我"祈祷并指望我永远不会在里面被找到"[2]

---

① 塞利玛·希尔诗句。
② 同上。

只有一株芦苇

试图找准隐喻。它把自己拽紧在石头上
"它好像很努力。"我说
我的姐姐紧闭眼睛，我们
正试图把它从沟里带出来

"植物的根须用后坐力表达反对意见。"
我们陷入僵持——
就像姐姐逃避我们的双手，躲进思维的密室
我们敲不开房门
只能在房屋周围一圈圈徘徊

等那个坐着时间小船的女孩
她走过来，拉住我的手
我们手心里藏着一只扇动翅膀的萤火虫

现在，它在棕色玻璃瓶里闪着光，挂在房门口

"它会像一盏灯，把我的姐姐带出来。"

时间是一个球体
终点难以企及，球心总握在我们手里

树先生

给你写信：
"亲爱的树先生，请你相信——我爱你。"
光脚的蘑菇和蕨类从山顶跑下来。狐狸用影子
支撑起茅屋和菜园

你不需要回信——
乌鸫用降 F 调吐出喉咙里的沙子和火焰
我的树先生是个腼腆、害羞的大男生。他夹着书籍
穿过大片桫椤林
给我捎来夹在书本里的恐龙足印

——我们活在喀斯特地貌的褶皱里
"靠近我，亲爱的。
我只想让你听到海的哭泣声。"

我只是你树梢的一只夜鹭
飞过你的梦境，和你一起翻阅时间的经文
珙桐把秘密藏在某一个树洞里

"我希望得到永恒。像开始，也是结束。"

魔芋

"它发生过，就像成长的一个胎记。"

被截取的片段，我们把它放在镜框里
我从来没有品尝过碱水的味道
我睡在晾晒过的被褥里，看妈妈把回忆
缝进一道道疤痕
翻新逐渐被时间遗忘的片段

它让外婆从漆黑的土层里走出来
坐在我年轻的妈妈面前——

她们缝好新棉衣，套在我的身上

洋槐树

香味停留在鼻翼中段
类似某种乐器的尾音：我设定是二胡
镇龙山的公路旁，年轻的父母亲在种槐树

槐树开白花，槐树有刺
母亲不允许我触摸

三十年后父亲回到槐树下
我听得见呼吸
却看不到他的身体。提竹篮的女孩
摘下满树挂着的音符

我知道他会回到这里——
我不在的时候
他修剪枯枝，为树干刷石灰，拉二胡
我来的时候就藏起来

书上说，槐树收留
念旧的鬼。我们住过的老屋，半开着窗户

我的妈妈烧着柴火
等我带回满树槐花

第二辑

关于火的 N 种可能

甘南札记：随处落下，仍是故乡（组诗）

高原哲学

冶海日渐消瘦
我们站在更高处的观景台上，看见干涸的湖底露出筋脉
枯红的皮肤裸露在雨雾中
我们尽力构想一幅水草丰美的图案
依旧掩饰不住眼底的失落
十月的甘南风雨潇潇，吹乱头发以及头巾
略带方音的普通话又捋顺它们
才让、扎西或者卓玛
并排站在高处，我们并没有对着海子许愿
而是在陌生中呼吸熟悉的笑意
错过一眼望不到边的花海
我们在眼睛里捡起了星子
我祈求时间停留在昨天——
藏语、汉语或者彝语在笑容里单曲循环
那时我们感受到诗的魔力
约等同于内心敲击的鼓点
冶木河、莲花山、冶海……
跳跃成新鲜的词语镶嵌于一首诗
河畔的午后，我曾捡到过的笑声
照着微微仰起的脸
甘南正奔向一场大雪，我突然忘记了因别离
而存在过的难过

秋风起

山卧成佛，在洮河一侧延伸
我站在另一侧，连同高原上过早遭遇秋风的银杏
叶子一片一片地落
新月仿佛一枚鱼钩，把旧日的繁盛垂钓起来
风吹动我的鬓发，测量遥远与邻近的距离
其中有一缕是你的手
你从海边走向我，用梳子将长发捋直
——我在洮州
莲花山的头顶只有无尽的蓝
或者，比蓝更蓝
更远的地方有洁白的雪山
融化的雪水顺着山峦流进洮河
奔向不可测的远方
我装作不会想起你，不会记得你爱看雪山的眼睛
风摘下一片叶子别在我的身上
站在莲花广场的中央，佛伸出手掌
被风掀起的披肩，再轻轻收拢

赤壁幽谷：留存延续的火种

躯体插入峡谷，仿佛一根根古老的木头
岩壁被一声口哨点燃——
我们会想起枣红色马队，它们站着，凛冽的风
吹动鬃毛以及马尾
在荆棘丛生的谷底，点燃名叫"酸溜子"的野草
我们从它的身上取下最红的一颗
在味蕾上掀起更多波澜
你说起一种类似玄武的神兽，用龟甲驮起赤壁幽谷
头朝天望着，独自咀嚼高原的朔风
肉身镶嵌进山的肋骨
等待山神的解读，再用古老的经文洗净

山风打着响鼻。马匹载着我们走向幽谷深处
岩壁上写满高原的秘密
高原的初雪还没有到来。我们用笑声
燃起另一堆旺盛之火——

它在我们到来之前，离开之后，不分昼夜地燃烧
仿佛一枚被秋风染红的树叶
落入了野林关 ① 的眼睛

---

① 野林关：野林关又名冶力关。

遗失的马蹄铁

尘土弥漫。马蹄声击碎黄河的坚冰
羌笛吐出酒令
被风掀起的披风和长髯，包裹西出阳关的猛士
被风雪锁住的流水上的风浪，在一场宿醉中融解
月色深藏的心事
被星星一览无余——醉卧沙场啊
莫笑被风刀刻下柔情的汉子，关于爱的叙事
在一场宿醉里复苏：
我习惯你用言语梳理鬃毛和我的辫子
用一炉火点燃埋藏在我胸膛里的柔软
刀戟和鞍鞯，在一碗青稞酒里安眠。我喜欢
用流水声歌唱——

篝火的噼啪声暗藏谜底。有春风偷渡而来
我愿俯首，我愿跪拜
我愿把漆黑的马蹄遗留在黄土地深处
雪花默念经文——

我，愿意用虔诚的赤裸接受来自黄土地的呼唤

随处落下，仍是故乡

在冶力关的初雪中行进
细密的雨针穿过伏尔加河畔的旋律
白桦林被歌声运送到高原
枯黄的树叶一片一片地落
把我们带到属于诗的地方，虽然一直找不到
我们应该相信它就在眼前
莲花山安安静静，不说话
倾听我们的歌声——

父亲在梧桐树下拉着手风琴
羊角辫女孩，跳动的红舞鞋
穿过树叶的阳光是另一场纷纷扬扬的雪
六角形花瓣被我摘走
夹进时间的书页。雪粒落在我们的头发上
或者融化在睫毛上
我也可以装作看不见头顶上的雪
我们继续唱歌
唱给山神听，唱给流水听
唱到一棵棵树站成了我们

诱惑

冶木河畔，卢其主曼① 跟伙伴们一起玩
老鹰捉小鸡的游戏
笑声落进流水，发出叮咚的声音
透过窗户看出去，四十岁的她笑容像格桑花
一样诱人。莲花山下，小镇宁静、祥和
把我和伙伴融解在其中
高原的灵魂弹奏着动听的旋律——
陌生的土地接纳我，如母亲般敞开怀抱
我们的到来也将成为一种必然
卢其主曼伸出双手，把两个陌生的女人护在她的双翅之下

高原的风是凛冽的
却吹不断一首诗
作为诗人，另一个我早已经踏入这里
它和我一起，阅读同样的流水、山峦、星辰
以及星辰一般的眼睛

———————————

① 卢其主曼：人名。

站在冶海常山庙门口

终究没有跨进正殿——
当一群云雾歇在屋顶，临摹喇嘛口中古老的经文
祈祷被年轮锐减为极短的两个字
懂得的人驻扎在垂直的湖底，我们称之为"海子"
脸红的苹果在雪地里打盹
年盛的梦想从云端坠落
我在雕梁画栋的庙宇中站立
诵经声从头顶淋下来
收纳进院子里的铜钟
我们蹚过声音的河流：永难填平的沟壑来自内心
仅仅一小会儿，我在蜷曲中伸展困顿的思绪
没人知道我们来自哪里——
遮住眼睛的云雾坠入海子的子宫

黑石号密码（组诗）

船歌：在水的面颊上描花钿

我不能在广袤的盐上堆放所有上行或者下行的航模
飘零的不过是暴风眼内的一片柳叶
时间在旋涡里昏聩
而唤醒的潮水喘着粗气
睡着的唐朝和没在水底的瓷
仿佛美人的脸庞
在水的面颊上描花钿。就如某种神祇
那些铜的刻痕和火的裂纹
明晃晃地存在
让我在偏倚的水上
不只拥有漂泊的锈迹斑斑。夜里，我熟读史书
计算"勿里洞岛"航线的
航程、所需补给和危险系数
从多年后，海水微微荡漾的内心
擎起一座睡熟的巩义窑
——而睡梦中的铸镜师
抚摸火皴裂的眼神

水的肠道上，车马萧萧
瓷器的体香，卸去所有的铜臭与鱼腥味
获得一饮而尽的自由

铜镜：我生于水，逝于水

"我无路可走，所以退守到你的怀里。"

不过是一轮满月沉入光阴的流水。铸镜师连同镜炉
在火中奔腾
又掩映进时间的倒影

横流的江水濯洗朝代的苦衷——
丰润的腰肢改作笔尖的蜂腰削背
"可惜了这轮明月，尚未照过我的容颜。"朝代
一声叹息
早已消失在时间的车轮里
只在街头巷尾留下廯粉

现在，我把它捧在手里
镜面倒映青史的唇纹和火的形骸，我抚摸江水
割下的每一道伤痕
里面藏着时间所有的浅吟低唱

而历史不值得玩味，铜镜照过的面容和光阴
宛若扬子江肠道上的一块结石
每一粒铜都渴望见到光的辽阔

胡瓶：我将说出谎言的真实

孔雀虚构的尾羽如丛生的芦苇
在水的胸怀里安眠

心怀远方的胡瓶在甲板上停驻
挥霍裂痕的编钟
体内流泻倾颓的钟声
而我内心波涛汹涌，干裂的嘴唇吐出的词语
消磨串联书简的绳索

"我只是一个误入的符号，
在往事的帷幕上被一次次拆解成形销骨立的笔画。"
人们需要流水的批注
而我有
微小的出口
长满绿色铜锈的、耀眼的出口。我是瓶中的女人
和素未谋面的男人站在一起
他们袒露上身，拥抱我——

我在晦暗的江底吟哦
我的丰盈盛满古老的繁华

我，舞步虚空，吐词沉隐

青花瓷：在时间之上描绘朝代的文身

光阴在船舷上结茧
而我，从未如此热烈地拥抱过
手工制造的盛唐——

火，深谙泥土的魔法。"我穿过滴着水的隧道
构成的迷宫进去。"①
时间的青花在瓷的皮肤上熠熠发光

"祈祷并指望我永远不会在里面被找到。"②
离散的瓷
藏入蔓生的水藻
而鱼类活蹦乱跳地吹响重生的号角，公元 1998 年
时间与水达成和解——

阳光抚摸文身的蓝。光阴，是一口深井
盛满低垂的简书
它化身为丰腴的往事
在水的熔炉，冶炼美人昼夜痴慕的漆黑

——她朝我走来
身上的青纱缓缓落下，裸露感性的
刺青

———————
① 塞利玛·希尔诗句。
② 同上。

"盈"字款瓷器：我将在一碗涟漪中复活

我将在一碗水中复活。从碗底袅袅婷婷地站起来
仿佛一朵带露的芙蓉：
描黛眉，穿薄衣，登高台
等待一双手接住我的舞步，把我从大明宫接回内宅

——时间的船坞眷顾裙角的春潮，诗人们早已学会了伤春悲秋

而我，在荆钗布裙间重生
在一碗浑浊的烧酒中
阅读陈年往事
与窑中的匠人谈诗，一起老去

朝代的美人承载不起的历史的扁舟
一朵负疚的蓓蕾
趿拉着被黥面的人字拖，斜倚在水的骨头之上

等待三月。等待一朵桃花

米粒般细碎的爱（组诗）

半山

落日向晚，云雾和炊烟缠绕，盖住
鳞次栉比的屋瓦。该回家了

做一头牛犊多好啊，年前刚出生，年后就哞哞叫唤

做一个牛倌多好啊，不紧不慢归来
搂兔子打草，这一天就有意义

只是领着女儿出门打工的小路，今日
有没有捎回，家书一封？

晚稻熟了

此时的古蔺多么富有，就连犄角旮旯
都蓄足了金子一般的晚稻

秋风低低吹拂，拂一遍稻谷就矮下一些
再拂一遍，就再矮下一些

柚子、黄豆、当归们都随主人下了山
只有稻子，还在耐心地等待着

其实也不必过于焦虑，昨日我遇见三叔
他老人家正在打磨镰刀呢

躲雨

老天爷对于穷孩子
也没什么好办法。它要是下雨

我有泡桐叶，要是下得再大一些
还有敞开怀抱的老屋檐

那些老瓦房多好啊，也不欺生
认不认识没关系，挤一挤

再上一个。雨停了，就一哄而散
落下的光脚印——

留给一群麻雀，慢慢辨认

过河

想起村后小溪，流水弯弯一路向东

只有它豢养的石头，还候在水中
半边露出水面，一字排开

如果你脚力够好，就可以如蜻蜓点水
踩着石头过河
也可能因不慎落水，让鱼儿耻笑

想起旧事，我仿佛又站在溪边
心里默数一、二、三、四
脚挨着石头，一块一块跃过去

卖菜记

胡萝卜，甘蓝，莲花白，西红柿——
这些朴素的蔬菜

像一群孩子，围着一个小女人
半坐着，多么乖巧啊

它们知道自己长得不漂亮，有一些
还布满虫洞，它们也知道主人

在售卖自己时，克扣一些斤两
但是它们也不点破，就高高兴兴走了

——它们知道，老主人也不容易啊

在太平渡

大河口往外是长江，对岸，马蹄岭
盘旋而上

依次为松树、乌桕、脐橙树
以及在它们头上漂泊过的白云

此刻，今年最后一批脐橙熟了
正打理行装
从阡陌小路，走向人间——

像一个姑娘就要远嫁，多么悲伤但又不是

阳光在芦苇上跳荡

风吹四野，河岸后撤。八月夕阳
一步一步西移，最后时刻

却被几根芦苇拖住，迟迟下山不得
远远望去，跳荡的仿佛不是芦苇

而是落日；河床滚动的仿佛不是流水
而是麦浪。流水并非无情

我知晓每一朵浪花都清澈和深情
却又奔向不可测的远方

野菊花

火星山上的野菊花开了
它每年都开。但是，今年不一样

它们听惯了山风和纺织娘
嘎嘎的鸣叫，但是好久没有

听过我和妹妹的谈话
这很可爱。我们论及，外面的世界

野菊花静心地倾听
我们转身要走，它们就在风中

抖落米粒般细碎的爱
但是这些留念，并没有人收藏啊

因此我和妹妹愿意成为
它们中的一棵，可又是多么不可能

元素（组诗）

关于火的 N 种可能

黄金面具。三星堆的青铜树
废弃的祭祀台。奴隶的骨骼高于史书

"我们在书写谁的历史？"
权力。蛊毒。阴谋。掌握权杖的人
制造幻景——

红唇吐露时代的密语：
母系繁衍的种族。蛇身人面的女子手握权柄
在长江流域裸露的脊背上
烙印另一部华夏文明史
王国摔死在铁器之上。神树上的太阳鸟
遗落在成都平原
我站在金沙遗址 4 号坑洞里，听见青铜器低声的叹息

禹的脚印印制在古老的蚕帛之上
在盆地周围设置咒语
映日荷花反复讲述望丛祠里泣血的故事
硝烟埋葬竹简里的嫣然一笑
一张文明的大网困住你我
我们不过是被绑缚住了手脚的机器

王朝不断受孕

在塞维利亚，愤怒的奔牛被喷薄的民意放出
我听见角斗场上的号角——
王国的公主下嫁角斗场上的囚徒
葡萄酒灌满门前的运河，满河的夕阳
像时光里流淌的鲜血

我不能在一杯卡布奇诺中复述历史
史册上发光的点滴犹如繁星，被我写进一首诗
词语在逼仄的空间里发酵
溢出翻旧了的《圣经》，耶稣在受难

修女点燃诗中的火焰，大教堂撞响钟声
我坐在门前的石阶上，路过的情侣落下亲昵的
言语：
一只白鸽从我的笔迹里飞出

青铜

我看到过纳木错的鹰隼
巡视粼粼的鱼群，以及水中的云朵
但最终它放弃了它们
携带一身疲惫回到山崖，等待一只落跑的岩鼠

我们陷落在迷惘的深雪中。转动经轮的人
爱着彼此，又互相厌憎
香炉里落下的烟灰，密谋掩盖时间的真相

时间在纸上生殖。新的一天
推动昨天消失在日历的上一页
我们撕掉它
并对新的光阴充满期待。直到它在黑暗里消失

我们来过，我们又离开——

我们在油灯里添满酥油，在羊皮上填上一个字
在喝掉一碗青稞酒之后
从燃烧的灯光里走失

井

它比我有内涵。两块青石板掩护着它
日夜朝外掏泉水
也掏出大山和野棉花藏起的小秘密

乌鸫叼起的叶子
从凤尾竹高处落下来。在母亲的水瓢
溅起一个年轻妇人清晨的欢喜

现在是我。坐在井沿上，一遍遍听泉水
讲述曾经遇见少年——
竹筒水杯，盛满的爱恋
星星将水底的灯光点亮。路过的乌梢蛇游得这样慢
像梅花机械表的指针

我的老井，清澈的眼睛被时间割伤
双手捧起的脸还是那个曾经的少年

我们说悄悄话。手心里的湖闪着波光
仿佛天上的眼睛

木质地板

一个拥抱。马尾松的味道
我们肌肤贴着肌肤，亲近，仿佛相爱

光阴黝黑。我们对坐，棋子在面前落下——
你是我想象的
它们代替我们，在地板上撒野。我喜欢这样放浪形骸
可以照出我内心最原始的贪念

黑夜是丝绒的幕布。我们在舞台上跳舞，赤脚
水袖抛出欲望的战国
在木纹上刻下争吵、和谈与形同陌路

酒杯摇晃海水。雨水在房檐下踉跄：
"我们在夜色里奔跑，小巷长得像昨天的恋人。"

遗落的眼睛

祖父挑起黑羊皮挂在构树杈上，月亮和枯枝
互相诠释夜的虚无与轻佻
牧羊人的马拴在马桩上，睡着的扎西有福禄之相
祈祷词在酥油灯上开花
紫花苜蓿开过之处，撒满硌脚的星子。祖母的咳嗽声
落在漏风的篱笆上——
草原涌动着野狼的绿色眼睛
我们谈论芦花官寨、德青朗寺和大昭寺的经幡
官寨的大土司最后回到黑水，回到雪山
回到经年不化的达古冰川
卓玛坐在门前转着经筒，扎西在院子里磕长头
词语之间的黏性常常让人陷入忧伤
虚妄之火醉醺醺地坐在
重新被杀死的自己身旁
我们不断练习词语的塌陷——一首诗正毁灭在我手里
我深知推倒的不易
也深知重建是怎样艰辛——
扎西解开拴马的绳索，爬上马背
在风浪中展开自己的翅膀
他朝我裸露后背的金黄、胛骨以及肌肉的线条
——他会为我带回另一个扎西
他们的时代英雄辈出——粗犷而甜蜜，现在他去了
别的地方
在喀喇昆仑山脉下雪，或者开出蓝色的花朵
黑山羊回到墙壁上，咒语凝结成
一个黑色的骨哨

吹出神旨里的黑色
我的心里有一双鹰的眼睛
山风灌满树上的羊皮，发出低低的哀鸣
更接近于一颗棋子行走的法则

水母

八月的海风是咸的。我们站在岛礁伸出的胳膊上
它一放下手掌，就可以亲吻海水

事实上，先来亲吻双脚的是肥皂泡般透明的生物

它们冲上礁石，搁浅在水洼里
仿佛我们刚用玻璃杯装满啤酒

泡泡飞扬跋扈地存在，像我张扬的马尾
肥皂泡终究也只是泡沫。每一个年少轻狂
都会熄灭——
我们朝海中央扔出去的漂流瓶，至今还下落不明

脚印再也没有回到过那片海
只有透明的梦每年依旧涌上来，在石头上碎裂

月光梯子

挤在窗口看天空，脸被挤成一张张
肖像画
从月光里逃出来的东北虎在村庄周围盘桓
它追逐汽车
却放逐它们。像我放飞的竹蜻蜓
现在它蹲在我的脚边
改头换面成一只名叫"阿呆"的棕色小猫
它舔舐爪子
如同回味野外狩猎的前世
我坐在阳台上，听它讲述从前的故事
用我早已忘记的语言
而月光往前递出梯子
它走过来，触摸我的裙角
发出轻微咕噜声
又小心翼翼地收回去
现在，它拆解着线球。这个动作
已经重复很多年
我拉上窗帘，从窗玻璃上取下粘贴的面具
外面下着雨——
没有多年不遇的超级月亮
只有雨水不断吐出一轮红月亮的血
我还不知道它的性别

借我一匹马

我遇见他的时候，日头烤热岩石
高原的风抽走体内的氧气
暗红色袍子斜搭在沙柳的胳膊上。赤脚
割裂的血痕暗示一路吃过的苦头
他的眼睛冒出光，仿佛敲开了一扇门
里面住着未来的妻子
正在把挤出的羊奶分给孩子们
神的孩子，忽闪蒲葵一般的睫毛
眼睛里住着清泉——
她伸出胳膊，这些莲藕一般的枝干
都源于他们共同的种植
他伸出手准备拥抱她，却只搂住了更多的虚无
眼神闪过一刹那的孤独
我的驼铃惊醒了一个行吟者的梦
他不属于神山
但每年都会有同样多的人，走在成为神的路上
一个人重复另一个人的脚步
有时候是匍匐，用耳朵倾听另一个人的体温
余晖点燃雪山
仙乃日笼罩在金色的佛光中
我们会在这里遇见彼此生命中的神
草原上的小溪像一根脐带
把两个瘦骨嶙峋的灵魂系在一起。在更远的地方
巴蜀第一峰贡嘎露出仁慈的笑
佛从来不会跟我们交谈罪与罚。他施舍每一个
饥饿的孩子糌粑和羊奶

"借我一匹马吧!"他说,"或者,让我称你为牵马的人。"
语言包裹斩钉截铁的锋利
草原用紫花苜蓿喂养的烈马低下了头颅
高原张开嘴唇
接受来自陌生人的亲吻

在一颗露珠上捕捉彼此的梦境（组诗）

铜雀台盛宴

你应该重新下一份帖子，邀请我
来赴这场宴席——
我会穿上红色的舞鞋
教舞姬跳热烈的《卡门》

酒樽里摇晃的，是红色的液体
丞相，你看哪——
飞阁高接云天，远远地连着西城
漳河之水曲弯流
耸入云天的高台已然立起，还有龙凤雕塑
只一眼，我便看穿你的野心

也不用把我当作多嘴的杨修
宴罢
我就会退回我的时空

回到益州
锦里，台上流转着变脸——
晚风默念：
　"愿斯台之永固兮，乐终古而未央！"①

你拍了拍我的肩，我们交换了面具

_____

① 《铜雀台赋》中的句子。

东风误

青和黛都是从泥土里长出来的
像邻家女孩的小心思
喜欢，便开一朵桃花；生气，就噘起樱桃红的小嘴

山歌在层峦上织锦。大片大片的芨芨草、油松、榛子树
从织机里跑出来
有时候还会加入马蹄、泉眼及狐狸的眼眸

——心旌摇荡啊
我却只有空悬的纸笔，配不上
千里江山如画，十里枫叶胜火

我只有小心翼翼的眼神，娶走山间落下的鸟鸣

松荫帖

整个夏天，我都坐在松涛之上看你
岸边的人舞动长枪
红缨子携带流水的招式搅动河山暗藏的激流

烽烟偶尔稀疏
腰间的平安扣时而惨淡
我想解开你额间紧锁的琵琶扣
在陡峭的皱纹里绣征衣

而我终究只是一株心思黯淡的松树
你怀揣我的生辰，去了遥远的辽国

——我所驻扎的山间
驿使传递兵戈，战鼓送来有歧义的捷报

时而是一纸猩红的婚书
时而是刀戟染红的丝帕

声声慢

"告诉我，你的绝望，我也会告诉你我的。"[1]
以第三者的角度来描述一场离别
摇晃酒杯里的忧伤
在梅子雨落下之前——雨是另一种调味酒，我把
辛辣、甜蜜、热烈、苦涩
或者失落……
压进后味里。门前的紫藤像迟暮的老人，在青瓦房顶上徘徊
咳出如烟的往事
你是来告别的，一张叠好的木浆纸
藏着花开似锦
你的吞吞吐吐被我压进另一杯酒
斟酒，对视，都是安稳的。仿佛路过青石巷的风
这么多年，并没有带走小城的一砖一瓦

---

[1] 玛丽·奥利弗诗句。

赤伶

"秦淮水榭花开早，谁知道容易冰消。"

火焰烧红黑夜，哭叫声压过我的唱腔
我站在戏台中央
声音听起来比血更浓烈

戏曲仍在继续，音乐并没有停止
我看向弹琴的师傅
我的兄弟们最是懂我，琴声没有一丝颤抖

火光映红我的妆容
是不是比扇面上的桃花更妩媚？

鼓声阵阵，催促步履
我听得见我的嗓音，快要压不住激越的心跳

都道戏子无情哪，可谁知戏子的一腔热血
沦陷在丝质的华服里

今日，我描了最好看的眉，涂了最红的胭脂
今夜，我会带给你我一生最精彩的演出——

你可知那声"点火"是我最惊艳的唱腔
而下一生
藏进柳暗花明的春风里

别枝

我试图用语法化开浓浓的古意
好的爱情往往就是这样

你坚守，我欲说还休。我会在月圆之夜
接近你——

我们聊遇见，聊时间，写下层叠的诗行
蛙鸣此起彼伏，按捺内心汹涌的浪潮

一只飞蛾扑腾翅膀撞上枝头的月色

我们没有谈及相聚，或者别离——
我们在一颗露珠上捕捉过彼此的梦境

春风引

整个春天落进针线笸箩
我的妈妈，挑绿丝线绣柳绦和春水，用蓝紫线绣婆婆纳的眼睛

如果春天的雨水来得激烈
就绣绵延的山峦
如果湖泊装不下那么多，就送给沟渠和小河

"有水的地方，种子就能生根发芽。"

我也是其中的一滴，内心有自己的湖泊或大海
我的身上背着整座春山，而心头
仅放得下一朵桃花

第三辑

流水，蕾丝，波斯菊

猎人

小路从山顶走下来，它比任何人都熟悉乌蒙山脉
也让我有更多时间走到另一个人前面去

他比我早出发很多年，戴厚厚的近视镜
努力睁大眼睛也看不清黑暗里行进的我

在大山的腰部我将实施我的罪行：把时间
折进一个梦。心细的人会发现日记本上的折痕
但不会发现犯罪痕迹

多年前一个初冬的夜里，我劫走了一个人的后半生
换取的报酬不过是埋葬彼此，如同思念

我依然会在另一个梦里走进大山，在盘旋的小路上迷失
在一枚停留草尖的露珠的凸透镜中寻找我熟悉的身影

春晓

七十岁的妈妈把鲤鱼放养在我三岁时用的澡盆里
木盆长出蒲草、蓑衣
我的父亲坐在河岸上垂钓

"他曾整夜不眠，只为给你带回来一尾擅长
跳跃的鲤鱼。"她说
她将回忆藏进鱼鳞，一片片拔出
堆放在我面前
再由我一个个堆砌在纸上

鱼也是——
它活在词语里，父亲没有打捞起来的
会被我一尾尾捕捉
我的头顶还看不见细密的雪，我还不着急

——现在，我和你站在湿漉漉的往事里
给你讲述一条鱼
它欢快地游过。我没有告诉你，这些
与我有关

消失的色彩

竹笠划开雨幕
我们的闯入打破一座小镇的安宁
落入天井的雨水叙述点滴
也许是没有开花结果的爱情，这多半
来源于我的想象
——墙上的牡丹兀自鲜艳着
回廊里寻不见细碎的脚步声
只有高出了屋顶的香樟木告诉我
痴长了的年岁——
一座曾被油纸伞撑起的小镇
一把刻刀，一支毛笔
扎染的世界
装满了出走的脚步声
离开的再也没有回来
新的油纸伞云朵般堆满巷弄
站在西厢房，我推开木格子窗户
同步的光阴
引入了民国的老宅
墙壁上的画报发出低声的呓语
把时间的秘密递给过客的耳朵

纵使不喊痛

起初是四个人围坐在一起
蜡梅伸出小手在我们的鼻翼下挠痒痒，笑声落进
面前酒杯里——
一部分词语溅在桌面上
被你用手指划开，成为一首诗

后来是你起身离开，雪开始占领你的座位
六角形花瓣带着锐利的刺
是不敢伸手去触摸的既往

雪花、茶渍、纷纷扬扬的雪，种在盆景里
我们不再提及爱情，以及莫斯科郊外晚上的歌声
有时候红泥暖炉温一斛酒
指尖夹起梅核刻一艘木船

第三个人坐上船。后来走的是他，再后来是我

只有大雪一直在簌簌地落
反复在读我们写下的句子

插曲

"去掉假设，还原真实试试？"你说
四月把爱情藏在紫槐树下
你还是找到了——

幼儿园更像一个虚像。孩子们的笑声
从夜晚的围墙释放出来

我们从旁边走过。春风向来狡猾
它绕开主题，并试图
从遗落的语言碎片里找到某种答案

"这是无意义的，"你继续说
"你往诗句里
充填了太多柳絮和蛙鸣。
让长了触角的长风掩盖了听觉。"

"其实不重要，"我回答
"光阴想让你遇见什么，你就会遇见什么。"

愿望

穿过山风的间隙，我们再一次上山
隔年的朔风照样能割开旧伤痕
在上行的途中我需要做出抉择
丢掉一些身外之物
水泥公路拴住了景区膨胀的贪念
让属于碉楼的山挽留住羌笛
我选择人迹罕至的小路
除了猴群偶尔摇落积雪
掉入我的脖颈，就只剩下陡峭
持续压缩上行的脚步
——而雪后山间晴朗
几株野棉花撑起整个冬天
麻雀们在雪地里捡拾我未知的东西
鸟鸣声像穿行的风
我喊不住它——
它引领我在山间安放"我"
让吹过山峦的风，又一次抚摸我

耳语者

坐得久了
墙壁就开始说话
内心的聒噪把日常折叠成纸片
在墙壁围堵的打印机里印制出来
戴上的笑容有虚无之美
仿佛一幅木雕——
你无法选择阴阳的雕刻手法
但这不难理解体内的多个分身
包裹在雕琢的皮肤之下争执
深呼吸也无法按平
胸腔里回旋的波澜
你试图建立对立与统一的和谐
然而情绪在发酵
二氧化碳在肺部聚集
并咕噜噜地冒泡泡
你坐下来，按住自己的皮囊
并在表皮扎出微小的气孔
制造皲裂与平衡的假象

失语者

我应该有妻子，擅长织补黑暗
我要在风雨夜给妈妈送一盏灯
我的雨伞只够支撑一小片漂浮的陆地
我的灯笼四处漏风
运送的篝火在纸上摇晃
我在一平方米的地球上
观察下沉的山峦、街道和寺庙
小心翼翼的火苗是黑色中唯一幸存的事物
然而，我知道神无法满足我三个愿望
我的妈妈在屋檐下挑拣土豆
准备布施给土地
下一刻，她会站起来，看向我走来的方向
——她的孩子是一盏夜灯
一片漂向她的岛屿

她将为我点燃另一盏灯，送我走向回家的路
而我的孩子
住在某个发芽的土豆里面

舞蹈课

足尖是一支笔，在光照不到的地方留下阴影
她喜欢夜晚走进来
夜风穿过墙面上的镜子，也穿过她

下一幕——她终究还是没有等到他
时间是多年之后
擦肩而过，身影不过是一个个新旧字符
摘除肉身，摘除面具，摘除脾气
镶嵌进同等或者不等的行距

有时候，她会用肢体替自己说话
为劳燕分飞安排跨越时空的相遇
有时候，也会恶作剧：相爱的人背对纸张擦肩而过
脚步拼装出人性的复杂与简单

我是黑暗中的另一个旁观者——
我会在复杂的表情与动作中挑拣出我们：
海盐腌制舞步、扎啤、五月的白杨树
或者，明湖广场割不断的牵连

她抬起头，对比眼睛更黑的天空说：
我爱你——
被风掀动的头发，像极了一匹消瘦的野马

提琴手

夜风捎带细雨，也夹杂旋律
从彩色气球和小丑
缝隙中穿过来——我想象的男生
白衬衫，黑西服，瘦削干净的面颊

坐在教堂门口，如水的琴声从石阶
流淌下来。事实上却不是：
双腿残疾的男人坐在快餐店门口
机械地拉动琴弓。专注，又像在发泄

一个用心爱过生活的男人，被命运
嘲弄，奚落，却依旧与音乐为伴
在异乡街头某个偶然的晚上
两个同样吐露四川口音的人遇见

我没有点出我想要听的歌曲，我们微笑致意
——身负残疾的男子安慰我内心的料峭
一个深夜醉酒晚归的人
与一个坐在轮椅上兜售琴声的人用沉默交谈

如此相似，却又不同——
短暂停留，从未道别。《第三小提琴奏鸣曲》
从更深的黑暗里浮起

魔术师

1

它应当有刺，藏着不可告人的秘密
把黑暗装进容器，在生活里制造暴动的闪电

密谋的夜晚，我吞噬萤火虫的腹部
让被偷走的空间从我们的面前消失

2

墙上的钟摆拥有过大的摆幅，它
让时间扭曲，通过水土，在局促的贫瘠中折叠

我等你带来照明的火把，灼伤
我已经习惯了黑暗的眼睛

3

野蔷薇开在我的身体上，"看起来更像
一条毒蛇。"你说——

火把熄灭，我吐出猩红的芯子，像一个叹号
提醒这里并非只存在一种生物

4

的确如此。你竖起上身，扩张颈部的骨头
扫拂黑暗中悬浮的颗粒

"我们不过是同类。有时候伤害别人，
有时候
也互相伤害。"

我说："虚伪！像我见过的所有人类。"

5

魔术师揭开蒙在盒子上面的黑丝绒
光线照进狭小的空间——

你整理白衬衫的衣领，收起喉结
在雷鸣般的欢呼声中，大踏步走了出去

6

黑暗的时候继续笑，带着未知的警觉

重音口琴

"都是恩赐的事。"阳光
从五月的杨树间落下来，在我们身上
画音符——

我喜欢和谐的事物。譬如，一杯泡好的茉莉花茶
花瓣沉浮的角度相差了一个八度
但一切并不冲突

"音乐总是能制造故事，而我们更喜欢诗。"

这也不冲突
就像我并不喜欢酒，也不会拒绝
你朝我举起的酒杯

春天的街道有萧瑟之美
卖唱的男生偶尔会走丢一两个音符，掌声修补了它

他的女孩，站在人群里，像朵栀子花

夜晚是个抽屉

总想放进去点什么，或者是取出来

夜晚为我穿上黑纱裙。我走出房子
深夜存着一杯酒——

母亲做的甜米酒。酒缸酝酿预言：
"我养的小女孩不哭，眼泪都藏进了酒窝里。"

我正在穿越梦境，手里的火光逼退
张牙舞爪的刺藤
植物总在试图吃掉我们
影子跟在身后迷路

夜来香用高跟鞋在黑夜剜出创口，披头散发地穿过林子
我给秋风梳头发
并为无休止的沉沦点上一枚花钿

眼睛是古老的商店

外婆从老屋的木板墙上走下来，坐在我们中间
眼睛泛出光——
久别重逢的欢喜
傍晚加重眼角旧的痕迹，她捎带回忆
但光阴留下空白，抹掉她的脚步声

光环是睡梦交给她的。她揉着面团
加入回忆中空白的部分
时间犹如一根根面条，从指缝里穿过

我虚构那个老妇人是我的外婆
她活在硬币跌落零钱柜的叮当声里
在秤杆银色的定盘星里
在我拿起一个罗汉面具发呆的瞬间，从我的背后走过

我像一个考古工作者，把模糊的影像
一遍遍还原
鬓如霜雪，纠缠另一个人的青丝
在雕花铜镜中塑造成我渴望见到的样子

在我拿起桃木梳捋顺时光的刹那
从梳齿之间溜过去，坐回堂屋中间的墙壁上

风居住的街道

寒风灌满街道尽头的阁楼
我知道冬天就快来了
尝试做一只松鼠，在尚能寻找到食物时
把粮食搬回地窖
星鸦一粒一粒地把松子从松果里啄出来
埋藏在远处的苔藓之下
它离开之后，有一些被我取走
我们共同拥有山脉、河流，以及湖泊，却无法
共同挨过一个冬天
被风扶直的炊烟是另一支号角
我们坐在山岗上看着我们的镇子
熟悉而又陌生——
柏油马路放倒自己的躯干，蚯蚓一样
蜿蜒盘进它的身体
车窗上的雨刮器刮干净雨滴
却刮不尽盘踞头顶的乌云

入微

再一次回到梦中，再次出现的小路
熟悉而又陌生——
一头挑着事实，另一头连接暗黑的虚无

我需要爬过山梁，才能抵达曾经住过的地方
我需要放下辎重，放下压住肩膀的忧伤
才能返回三十年以前

坐在泥巴墙门口的柿子树上
冒着白烟的绿皮火车，从山坳里开出。列车
拉着我曾经认识的一些人，以及事物

火车会在我山脚下的小站停靠——你走下来
背着二十年前的行囊

你会在我面前，停下，向我问路
我没有从树上下来
我递给你明天成熟的柿子

DOS 命令

我们的身体将会变得更轻，轻于
一个字符，陈旧的指令——
进入的空间，杂草丛生

世纪末的校园，环形跑道在时间节点上奔跑
人们讨论叫"千年虫"的病毒
背诵口诀的孩子站在荷花池旁边
铁门没有上锁
梧桐独自在小园子里葱茏

青春还没有来得及吹皱湖水
我们还在微观世界里用 0 和 1 构建爱情
微机房就已经消失
然后是四周围坐的年轻的身体
白头发慢慢出现
融入充满灰尘味道的空气中

敲击出的 CD UCDOS^① 命令悬挂在昨天
时间试图抚慰我们
笔记本替代它们站在我们面前
我们不会寻找尘封的台式电脑
就像不会去找早已搬离的初恋，我们去了不同的远方
相爱的人遇见了另外的爱人

---

① CD UCDOS：指进入 UCDOS 子目录。

我坐在冬天的夹缝里冲泡一杯茉莉花茶
语言深处有些种子在旧题目中发芽

结

夜风吹起轻飘飘的词语
有时候它们还没有抵达，就被雨水打落

我会因此误解，或者耍脾气
就像你正因为我的安静而憋屈——啤酒杯冤枉
"你总是拿我撒气。"它说
——你端起杯子，又重重搁了下去。后味有些发苦

云朵挤走头顶的湿热。我们讨论属于夏天的事物
大丽花，向日葵
或者，三月就已经红过的樱桃

很多东西并不会在我们期待的时候成熟。就像高原上
的油菜花现在才大片大片地黄

年轻女孩的红纱巾落在湖面的盐上，那么耀眼

有时候，我们想哭
却没有

归来

老旅馆楼梯散发出陈腐木材的味道。她拧亮
床头的台灯——
暗淡的光线照亮睫毛（草丛上跳动的水珠）

二十四小时可以穿越到地球的另一端
背负十字架的人收回忏悔
我们还没有开始远行。还有足够的时间扳回一切
包括已经放弃了的爱情

回到赤道。回到阿布扎比
机票上的分割线把一个人运往东半球
把另一个人带去更远的西部
伸长脖子的落地灯站在两个人中间
越来越远的脚步从此刻分别走向昨天与明天

我将光束转向内侧，灯光映照两张侧脸
轮廓清晰向外画出射线
光线的箭头被我折返，重新交汇

潘多拉的盒子重新关上，时间退回到 2018 年
两个人坐在操场上，谈论尚未到来的升学考试
天上高悬着的月亮
像极了后来拨亮的灯盏——影子
缠绕灯柱。长头发拴住咸湿的眼泪

旧事重提

1

我们出海，只需要与河流达成合约
水面漂浮着磷和船的肢体
船舱装满欲望、丝绸和葡萄酒

我不知道这到底是谁的河流，但只要我们启程
蒸汽机吐出白烟——
妇女和老人就会高兴得舞蹈

我们会带回瓷器、首饰，甚至是黄金
河流是天生的通往财富的道路
只要有足够的勇气和胆量，把手伸向彼岸

2

有一次我看见一个男人带回一个女人，鬈发、健硕
她的手脚有捆绑的痕迹——

他做过无耻之事，他掠夺她的劳力
或者她的肉体

人的贪欲是无限的
同伴却对他说："你表现得真棒！"

3

海浪冲洗掉船行进的痕迹。我并不知道
在被冲洗之前是不是掩埋掉那么多尸骨

水面上的鱼夜晚会发光——

它们长着牙齿
据说，它们食用大船上抛下来的生物体

4

是不是人类将天使的灵魂抵押给了黑蜘蛛和蝮蛇？
对的，就是谎言

而非我和你，我们或者我们使用的工具

——火把、灯塔，照亮黑暗，或者，以后
黑暗会更多一点

5

我们签署合约，把自己的骨骼卖给海盗

沙砾最后会结成许多岛，我们洄游艰辛会多一点
就像我们放生的鱼

6

我不在乎这些东西，我只是旁观
我伪造安宁的假象，或者跟着他

不慎丢下我的脚印。暮色，跟随河面泛着的凉意

海鸥独自游荡，像只落单的狼

7

我静静地看它，捕食鱼类
没有爪子的鱼，然后飞走

8

我们都在逃跑。我所说的逃跑
是货物逃离舱门，网状的缆绳

拴住的贪欲有名无实，我们变成鸟、蒲公英
或者鬼针草——

在每一个神不知、鬼不觉的裤腿上逃离

9

船长宣布他很抱歉——

他抛下铁铸的锚，纸质的合约书

10

我就站在岸边

我举着葡萄酒杯子，准备好有人从我身旁经过
在我身旁落座

给我讲远行。他，本不该这样做

倒装

把皮影还给一张纸
一个人走回到从前
一朵浪花交还给一滴雨，流水在我面前折返
我合上它，给流逝一个转弯

月光敲击我的窗户，我打开窗户把它放进来
我听它给我讲赶夜路的行人
被晚风啃噬的皱纹
雪压竹林发出暗哑的咳嗽声，我听到离开的人
脚步在我的梦里徘徊

把一首诗还给词语，我拆解文字的躯体
咀嚼语言的歧义——
像茶叶泛涩的余味，我试着用泪光擦亮它

把现在交还给过去，把我交还给你
把杏花交还给春天
让我们的影子住进小院

我站在你的后面，时间教会了我们笑而不语

不可预见的常见

从地下车库到第三住院大楼笼罩着鸡血藤
酒香味花朵敞开生殖器——
暗红色的，诱惑的，凌乱的逻辑

一层肾内科：透析的病人排到大厅
苍白渺茫藏进条纹病号服
消毒水味道、涣散的眼神、叫号机的啸叫

为什么他们说是另一个你在求生，而不是你
或者是另一颗心？

我把心跳按进掌纹，乘二号电梯，前往十二楼
五十四床曾经睡过一个与我有血缘的人
他翻来覆去，在浅蓝色的褶皱中蜷曲身体

走完这段路程，需要越过冬日的苍茫
——我只是在模拟。梦里去过很多次
猫头藏在藤蔓里，眼睛泛起微澜，护工
推动平板床的声音压住脚步声

我知道人世的淤青大于活着本身
以致我丢掉绳索，再丢掉牵住绳索的辘轳

我燃起心口的火苗，熟悉的某个人在黑暗中
摸索着走过来，在我身旁坐下

我等的雪已经下过了

尚未画出的芦苇站在岸边
每一朵苇花都会变成白色。你说白是不被允许的
只有尚未绘出的白鹭才懂得白的含义
它们留在树叶落尽的南方
每根枯枝都在垂钓滂沱的流水
有时候它们会从此岸飞到彼岸
彼此也不过是被我命名了千百次的堤岸
提笔就可以将它们互换角色
有时候你踩着芦苇渡江而来，也可以
将背影掩映进苇花丛中
我等候那个即将到来的你
淹没人影的苇子构建另一座内心的寺院
出世与入世也只是转身的距离
苇草边缘密布岁月的锯齿
下一刻我将画出被时间割裂的长衫
嗯，等一等——
一场被我等待的雪已经下过了
让我们抚平江面的波澜
白鹭歇息在春天的流水之畔
从一声鸟鸣中抽出，柳岸
打开的光影找到我们

有人喊着你的名字

1

你剥开糖果，宛如拆开礼物

我坐在屏幕的另一边
把糖纸叠成一颗星星

凑够一千零一颗，愿望就会实现

2

"我喜欢和你一起放羊。"你捋了捋胡子说

"杏树在怀孕，但它并不会生产。
蝮蛇偷走了它的孩子。"

"你的脑袋里长着羚羊的犄角，我真想钻进去看看。"

3

巫师在河边清洗牦牛发白的头骨
像我每天低头面对的纸张

乌鸦回旋着飞
仿佛黑色雨点

有时候它们会落在我的笔记本上

4

"我不想你完全被诗歌淹没。"
这也很让你担心

外面黑色的水太多：
美仁草原的沼泽地，黑河，村口新挖的井

通通跑进鹅毛笔管
再从一个个词语里跑出来

5

我写"院子里的燕子飞了起来"
"我们这里没有燕子！"你说
真是无可救药

我在写下虚无，而"无就是有"

6

女人在纸上种荨麻，在分行里长疹子

你想伸手把她从镜子里捞出来

7

女人在缩小，像捏在手里的冰

水滴
从屋檐落下来

你在屋顶填土，撒盐。压住蒸发的水

每个傍晚都是最后的傍晚

再一次提起文森特，我躬身于
一片蓝色鸢尾中找寻虫洞
有时候是蝴蝶的断翅，充当滑板
我们来到港口——天色阴暗。大片海水被你
装进了白色 T 恤
港口汽笛声催促我们离开
航线并没有事先确定，我的大脑里
时常悬挂着暴风眼
而你充当一座灯塔
机帆船的发动机驱动船桨，船尾在水面画线条
我的眼睛也是一片海洋
你的船会在里面越走越远，或者是回来
都被定格成一幅画面——
葡萄酒味儿在空中流逝，被咸湿的灰色充斥
刮刀比画笔更能呈现风浪
有时候它装扮成内心的风平浪静
时间不可思议地流转着：海鸥啄食我们的晚餐
它们降落在船舷上，带走一小团面包
天快黑了。小海鸥正在等它们
而我们正在等待星期五的到来
——你收回视线，从一幅油画中取出我

黄昏曲

把自己放进一部纪录片
攀牙湾一如既往的蓝，端着天空投下的云朵
猴子倒挂在崖壁上
跟路过的快艇打招呼
事实上，我们停留在相对隔绝的空间
一年，甚至已经更长的时间
我们的梦境
企图带我们走出锁死的时空
重新穿挂好绿的树枝
敲响窗棂——
我知道是风在叫醒熟睡的荒原
带着潮湿气味的风
有时候意味着接踵而至的阴雨
我咀嚼短时间的安宁
回味的阳光喂养在隐秘的角落
我们划白色的舢板出海
网袋里的鱼鳞和海面一样泛着金光
笑声坠落在甲板上——
我们站起身，看着落日一点点地西沉
照向三千公里外的地方
它推开窗户
把我们从密闭的房间接引出来

第四辑

森林里有鹿

信物

风车茉莉有海盐的味道——海岸线，白色海浪
海豚在船尾现身
追逐螺旋桨掀起的波浪

——这是斯里兰卡。火烧云被海岸线托起
我们给下沉的夕阳系围巾
整个傍晚都是这样。我继续讲述

寄居蟹背走我们的小屋。你朝海中央扔出刚上钩的海鱼
它还需要时间成长
就像你在等我长大。你指着流星说话

"等你开得跟门前的鸡蛋花一样好看
我就前来娶你——"
我离开你画出的岛屿，再也没有回去

风车茉莉驻扎在中国南方，在每个夏夜里下雪

林深处

头顶是看不见的航线——
把两个地址、姓氏连接起来。蜻蜓的翅膀
在树林里穿行。伐木工留下拆迁的证据
我们成为忐忑的伴侣

蛇在树洞里吐出芯子
——我们仿佛两只鸟儿，相互问候。在某个城市、某棵树上，
重新遇见自己

颤动翅膀让生活不至于跌落大地，让诗歌
更亲近于信仰
点燃松脂驱散内心的浓雾

我们日夜鸣唱，赞颂倒春寒来得
像一场春天的雪
我们尝试飞。采摘新鲜的苔藓覆盖夜空
我们共用一个咖啡杯，用一个吻痕覆盖另一个吻痕

我们关闭内心的防火门
——你说："有人正在演奏舒伯特，而对那个人来说
此刻音符比任何事物都要真实。"①

---

① 托马斯·特朗斯特罗姆诗句。

流沙

有时候我不太爱说话
我们坐在黑暗里
互相看着。桃木梳继续在我的小卷毛里
捋顺时间的流速
木雕的喜鹊用喙啄出
深藏的白发
蝉在雨夜唱歌，我们更加密集地外出
从镜子的一侧窥见月色
胡荏从河流下颌部跑出。一只手摸索
锁孔。我没有点破一片落叶的醉意——
夜色保持静默
夏天将猎户座朝西边移了移，树荫走进
我们的房间
影子坐进更深的黑夜
——被时间的雨水打湿翅膀的雏鸟
落入自然选择的掌心

棍子

它应该躺在松林下面
看起来像一条蛇，向外吐露针叶尖锐的秘密
——我的奶奶把它拾起来当作手杖

她要去山的另一面
看寄养在另一个婆婆（久远得我已经忘记姓名）家的我
脸上的皱纹和棍子灰褐色
的皮一样，裹着时间的包浆
那时候，我还无法理解衰老

现在，我坐在院子里，整理风摇落的枯枝
故事整齐地码在围墙边上
它们会在燃烧的时候，重新讲述
生命里的光

"这是我看着长大的孩子。"它们低语
但并不妨碍这个开始苍老的孩子，一截截把它们折断
"她将释放困在死亡里的火焰。"

棍子说。但并没有得到我的回应

森林里有鹿

你喜欢称呼她小傻瓜，或者是某种植物的名字
小薄荷、茉莉
有时是野玫瑰——

爱情让人折叠野性。像降落在荒原上的风
会把一个人遮掩的面具揭开
无处遁形的，除了脸上的沟壑，还有内心的浩渺

你坐下来，从体内取出小片孤独的爱
晾晒在一只秃鹫的翅膀之上
湿漉漉的爱很快就被风吹干

而后，你会起身，走向远方
风变得柔软——
你在一抹夕阳里驻足，风也驻足

你点燃一支烟
微弱的金黄色火星，让空寂更加荒凉
而你，早已习惯在沉寂里行走

形而上的部落

四季常绿的松林
掉落的松针和松塔构建由啮齿类主宰的世界
我们将它命名为"部落"
这群拖着大尾巴的生物
疯狂的繁殖力
让我更加怀疑，是为了招徕生意
引进的入侵生物
现在它们成为这片山林的主人
占据我头顶的松树
并在被松针围堵的小面积的蓝里
跃动——
我比它们更晚来到这里
带着轻微的惊奇与拘谨
这是松子成熟的季节
落下的松塔在我身后发出噼啪的爆裂声
在我的内心炸开小小的花火
我跟随秋天进驻树林
松鼠是我唯一见到在林间活跃的生物
又或者说我是另一只松鼠
现在我坐下来，背靠松树
身下是绵软的松针
一枚松塔落下来，砸在我的头上

冬日圆舞曲

高跟鞋磨破脚后跟
你还不适应小心翼翼的生活
挽起衣袖研墨
悉心临摹，笔画有蜿蜒的转折。像一场没有
台词的戏剧——
隔着屏幕的恋人，用手语行酒令。谜底
藏在切好的宣纸下面
刚好够渲染一个人的孤独
一场大雪纷纷扬扬地落，麻雀用足印
画《踏雪寻梅》
啁啾的鸟鸣谱出的曲调
让你有一瞬间的怀疑：
吹落积雪的风刚梳过她的头发
她的笑容像冬天里煮熟的甜酒。害怕孤单的人
困囿在捉摸不透的眼神里
让你愿意掏出内心的墨汁
在泛黄的纸张上
写一首被嘴唇念旧了的诗

茉莉小夜曲

白纱裙，高跟鞋，淡淡香水味道
野猫的脚步轻如夏夜的风、丝绸
或者汤匙搅拌的拿铁

她看向我——眼神轻轻触碰，便迅速躲开
停留在我身上的眼眸
轻如一层薄雾。真实与梦境

在一支曲调里呈现。我借助玻璃酒杯
偷偷探视——
她发现了我，便又逃开
像化了的巧克力流向夜色深处

手边，银戒指敲响桌面。爱情的毒
是眉心的一点朱砂痣，点上去会疼

我在胳膊上描刺青，吸入音乐里捉摸不定的磁
茉莉花味道划伤深夜的蓝

蓝调迷迭香

河水哗哗流着，淘洗山村的心事
蓝头巾女人
要涉水而过——摘取一簇迷迭香
它们将会盛开在夜晚炖煮的土豆牛肉里

时间是个量词。女人的光阴如同开蓝花的藿香蓟
卑微的植物从来不引人注目
它顶着花和叶
开在弥漫香气的迷迭香旁边，像灰姑娘

爱情是容易消逝的事物
脸上刻着忧伤的女人，挽起衣裙
朝对岸走去
忽略流水割伤骨肉的寒凉
被喜欢，被珍爱，被嫌弃，被放逐
一根根皱纹刻在额头上

她在村头住了下来
忘记自己的家族和籍贯，她早已被放弃
——她捧着一捧迷迭香路过我
散发出成熟的味道

爵士：紫色鸢尾

最后一个走进来，旋转门在身后关拢
怀揣利剑的人藏在人群中
他躲在你身后，在你试用香奈儿口红的时候
你转过身，他蹲下系鞋带
脚步配合背景音乐的节奏
在试衣间的镜子里
在转角处的扶梯上
躲在巨幕电影的大银幕后面
藏在结局——每一步都走在剧本之上
他喜欢你的笑
喜欢你撩起头发的样子
喜欢方糖在你的眼神里慢慢溶化
喜欢他敲开你的房门
在擦肩而过时碰掉你的购物袋
他知道你的行踪，他跟随你
凝视你，像你的影子
你给他递出餐刀，把融解的黄油
抹在烤好的面包片上
你的眼神在一杯气泡水里沉沦
在他的身旁躺下——像水边的蓝色鸢尾
你接受伤痕，你藏起眼泪
你在深夜游荡，你等待冰的利刃
他在等你，出卖自己

罂粟的眼泪

甲米，椰风，CLUB 站在街道两侧
女人吐出白色烟圈
盛满鸡尾酒的高脚杯像一朵金色郁金香
吻向她的嘴唇——

泰语绵软的肢体驶入我的耳膜
我有蹩脚的英语和干瘪的口袋
她会夹生的汉语加英语单词
仿佛一锅没有焖熟的海鲜饭

口腔里带着辛辣气味，给我讲早婚，生育三孩
失婚——再后来到海边支一爿夜店
灯红酒绿里腌渍酸辣苦咸。我们在高脚凳上交换
微信，红色蔻丹掩不住指甲的苍白

戴鸡蛋花的姑娘招徕刚刚停靠的驳船
黄嘴壳的海鸟落在亮灯的招牌上
像手执勾魂戟的黑魔法师

她递给我一杯莫吉托。薄荷叶在冰块和柠檬上
漂浮。一只飘零在攀牙湾的游船
除了猴子和水手会瞄准的衣袋，没有人在意

——音乐声响起，我们一起唱邓丽君的歌
我的故乡远在印度洋的另一边，音乐和舞步

画出我们脚下的道路
曾经看似光明无比的前途，在一阵阵潮湿的风里
跌落

遗落的声音

脚步伴随流水穿梭于丹霞地貌
小路迷失在侏罗纪的森林里
一根拐杖偕同我们
开辟出新的路径——七十岁的母亲，成为威风凛凛
的领路人。此时，她是将军
自然界的主宰——我偕同伙伴
是她最忠诚的战士
凸起的巨石和倾泻而下的瀑布，是被攻陷的城池
山野独居的老人接纳风尘仆仆的我们
交谈唤醒沉睡已久的语言。他讲述战场上
遗失的青春，远走的老伴
以及儿女。奔流而至的记忆
冲刷脸上的沟壑——
一些回忆冲垮坚忍。一些伤痕被轻轻揭开
我们提及收成，以及担水的小路
水桶在山峦上撞击着生活的崎岖
在诗歌中垂头丧气的我们
关节散发出工业时代颓废的轰鸣
母亲坐在他家堂屋前分开棕毛，凌乱的生活被
重新编织
他在重山中磋磨晚年时光
逼仄的河面滋养着虚无
一条通向群山深处的小路，淹没在尽头
我们在内心下一场七月的暴雪
雪在我们身后簌簌落下，掩盖几双偶然闯入秘境的脚印

在斜阳的最后一缕光中
捡拾起一些遗失已久的声音

上桥

红砂石的挂钩，把上街和榨油坊勾连起来
老榕树的伞卧在桥头
像闩门的闩子，柔韧而又安详
把老城困顿成封闭却又开放的容器
石桥从来不会嫌贫爱富——
修鞋匠占一角，算命和卖菜的一字排开
懵懂少年和醉酒汉子坐在桥墩上
在外晃荡多年的我
也在旁边坐了下来
榕树下的风替我放映一帧帧的错觉
青涩的男生，第一次朝我吹响口哨
新桥架在十米外
车灯流水般地划过，像一排字幕牵出的词语
有时候是一群谢幕了的名字
新房子涂改旧街区，念旧的人内心澎湃
抚摸石栏杆上标语下我刻下的文字
我仍然是个蹩脚的诗人，天马行空
又心怀山河空念。我一次又一次赤脚走在桥面上
温习旧时的连环画
或者是倒叙

落鸿河的指引

靠水运的时候，这里叫"水北门"
后来船工上了岸
架起了铁索桥，就改作"北门桥"
河水滔滔从桥下流过，我们从桥面上晃悠悠地走过
从一个小孩走到中年
落鸿河的样子依旧没有变

牛角塘驮着巨石，停留在年幼的我戏水之处
我爱流动的河水和静止的河床
爱时间的停顿——

云朵从火星山顶飘落
陷入一条河的激越内心，运动与静止制造出矛盾
鸣蝉是其中一个旁观者
另一个是蹲坐在岸边垂钓时间的老人
风声被挥起的鱼竿劈出新的纹路
孕育一条河流的新生

岸边的小叶榕是我的替身
替代我一直站在这里
我爱这淙淙流水，爱河岸边简单的生活
我热爱过去以及现在，在阳光明媚的早晨
捡拾落下的鸟鸣
并把每一个归来的日子记录成永恒

麦地上的琴声

日头狠毒。扛烟斗的老农
在田埂上徘徊
有时候他蹲下来，半倾着上身
像在和孩子们交谈
他保护着这片土地所宣告的一切
——灌浆的麦子，几只麻雀
甚至爬出来晒太阳的乌梢蛇
在阳光与大地辐射的双重炙烤中
汗水流过脸上的沟壑
将黝黑的五官糅合到一起
像宁静的，被语言腌渍的事物
他将自己的一生囚禁于此
并把自己分蘖成千千万万个自我
他设定它们，像造物主——
以伟大的艺术复刻他能想象到的一切
大多数意象，来自寂寞时的梦想
其中有一株是他自己
这足以满足他的幻想——修长、儒雅
不断重生，可以修订的人生
暖风吹拂过他的衣衫
一只鸟附在他的肩上
使他在反复堆叠的麦浪中
显得生动且美好——
乌梢蛇游进他的眼睛
他们短暂地对视，相安无事

它们安全地返回巢穴
麦田继续翻滚绿波。它们轻易地俘虏了
一个人的灵魂
热空气悬浮在低空，递过来
麦子发出的诱惑体香
使你目光无法更加靠前
被拦截的画面
又掺杂着每一株植物轻微的叹息
它们渴望自由
却始终保持着固定的姿势
像田垄上的老农
他的凝视混合了温和、愉悦
或者懊悔
他在土地的限定中
倾诉着自己的秘密，又隐藏起来
这些欲望多么强烈
以致不能被远处的另一个人
长久地窥探

聆听火星山

以前在郊外，现在抱在小城怀里
沙石地的火星山
数十年来除了长柏香
还长陡直如脊柱的石梯子
想看一座小城的全貌
清风阵阵
松涛漫过山坡
就要俯首而上，走到明月与苍天
的衔接之处——
往下灯火由少到多，渐次铺陈
仿佛这才是人间
而往后轿子顶巍然耸立
收起"会当凌绝顶"的慷慨
才明白山外总有更高的山
自己半生攀爬
依然不过是山间一粒微尘
仍须保持节制

在阳台上发呆

远处的山驮着白云，再往上一步是
我向往的地方——

火炉旁做针线的母亲把一个健硕的影子
冲刷得瘦弱、佝偻
盛开的被套在她手中走出整齐的针脚

针线的背面是九〇年代。一家人牵扯着被角
围坐在火炉旁
火光映衬着，整齐圆满

如今我们各奔东西。母亲回到曾经的山下
落地窗对着二十年前
从四面八方填补回家的孩子

剥离的过程

越过清风岭的骨盆。枯瘦的山
是一条冬眠的蛇。踩上去的足印触及一只
冷血动物的体温，在足底和泥土
之间结冰——

野山茶花落在我的面前，也落在白雪制造的
泥泞里。近乎
摧残，流血的面容伏在冰凉里哭泣

我羡慕它美丽的面孔
让我看见花瓣剔透的血痕
我踩在它脸上，鞋底发出哭声

雪还要下一夜才能埋葬印痕，埋葬屐齿的罪行
白雪最具欺骗性
雪化之后，洗掉的负罪感会重新归来

而没有雪的日子，我去寻找雪
它趴在车窗上，落在远山，落进一朵野山茶花
再落进我的眼睛

废墟

齐安宫黄绿相间的琉璃瓦，从残垣的颓废中探出头
这里是曾经商贾云集的黄州会馆
被时间埋藏在层叠的棚户区
当粽叶被一层层剥去，画栋雕梁从灰褐色中裸露出来
门前蒿草掩藏着几个回忆往事的老人
他们用一把蒲扇扇动凝滞的空气，岁月里金顶流光
他们的眼神中住满关紧的门扉
老榕树从院墙内探出头来
它再见到的世界物是人非
短裙代替绫罗绸缎，拱手作揖
我站在四周散落的瓦砾上叹息
天空渐渐暗下来，把我和会馆的影子融汇在一起
我早已在小城浪费完我年轻的岁月
如今站回这里，重见天日的古老会馆仿若另一个我
我们称呼彼此"新鲜的故人"
在剩下的黑夜里互相吐露心事

即景：走进小鱼洞

小鱼洞一直留在中坝村，源源不断地
向村庄输送血液——

声音浅浅的。我小时候就是这样
无数次探寻过它的深度
钻入它的脏腑和暗河

火把照亮溶洞
偶尔有一只岩燕飞出
那是曾经的一个我，在山里长大，又飞向远方

但终究还会回来，坐进山的腹腔
熄灭的火把把更深的黑暗还给我
当我再次回到这里，它还端坐在原处

击壤歌

竹椅子端坐在麦田，椅背上歇着旧草帽
我的外祖父坐在上面
叶子烟吐出陈旧的咳嗽
烟锅敲打椅脚，为从他年老的喉咙出走的民谣
敲击节拍。击打声
绕过一只顺着竹椅往上攀爬的蚂蚁
——那是一个一生攀缘在绝壁上的农民
曾把汗水洒在赤水河畔的纤绳上
或者黄荆老林采草药的环岩上
现在他老了，脚步走不出困囿他的一亩三分地
他的儿子刚从修船厂赶回来
在田埂上用自行车为我瘫痪的外祖母改装一辆轮椅
——我坐在更远的山坡上
在诗歌中描述一幅画，笔端吐出一声声叹息
他们已经背弃了一生追随的土地
奔向更深的土层——
村庄正浪费着它的晚年。新建的二环路包围坟墓
像麦田中的竹椅，渐渐风化
碎石脱落——我一笔笔把颜料添加上去
让夕阳中的一座座坟墓，迟暮的眼神焕发光彩
皲裂的油彩又在我身后落下
听上去像夜色拍响的巴掌

时间是一条游动的木船

蝉鸣的火车在一个句子里穿越鼓膜
午后的丛林
落下的青梅和它们的母语押韵

我们无所事事——
无所事事是一种很惬意的状态
溪水和盛满溪水的河流装满我的眼睛

我很少有时间，把一个无意义的下午
过得更加无意义
你提及蒸馏的回声和阀门

风走私来威士忌的香味，装满整个山林——
溪水慢慢被夕阳点燃，你站在火烧云里面

说话时的手势，看起来像是抚摸过我的影子

在雨后写的诗

茶壶沸腾着——
水想说的话从底部翻起来，在接近杯盖的地方炸裂
它的陈词被我盯紧
纺织娘躲在檐柱上，鼓起的腹部
震落刺穿耳膜的词语

——午后，我一个人坐着也很热闹
周遭的事物都抢着跟我说话
我庆幸于衰减的听力，不需要把
太多异类的悲伤捡起来

衰老有时候也不是真的可怕
就像刻在石碑上的文字渐渐消失
就像我们推开门走进这个世界
稍微停留，旋即离开

而我站在阴影里看着他，我的影子
像一个第三者
我不用和他一样感受同样的心痛

看不见的忧伤有时候就是一首诗，而诗
往往是最无用的东西
它会无限制地放大忧伤的阴影

我所能做的，不过是将它们都捡起来

丢进茶壶，翻煮——
每天那么多诗在我的面前走过，我只能捉住其中一二
我的世界枯燥，山风在廊檐下抒情

内心的天空

门口的结香树下，有一只蝴蝶
金色翅膀，黑色小雀斑
提着裙子——我称之为蝴蝶
从我的面前经过。八月的阳光把明媚分给我一半
把它的黑色头发镀上金色
我会在刹那间深陷于爱：一个枯竭的诗人
重新冒出灵感之泉

山雀衔着橄榄枝，在凶险的树杈上加固鸟窝
暴风雨要过了九月才不会出现
秋千挂在树上，我会独自坐在那里，荡漾

荡漾，像一只蝴蝶——
我因此拥有了蝴蝶的思想，而你，雀斑女孩
早已经离开

你的姓名会有一半被我记住。我们在彼此的天空里飞

假如我披一身羽毛

云雾正在为山峦穿一件衣裳。我们闯进来
并将在当地生活一段时间
我们从竹林里穿梭而出，捎带新生的竹笋与蕈子
我路过你，帽檐下落下夹生的乡音

我们总是在不经意间扮演某个角色
妆容精致是一种
放浪形骸是另外一种——

熟悉的山脉变得更像一个人
雨声不断敲击屋后的桐子叶
曾经被雷火烧灼的森林如今遭遇了泥石流
生活的大雨制造恒常的潮湿与烦闷

远处雨靴踏碎水洼的声音
旋律永远在耳朵里播放，我已听不见更多的心碎

之后，时间停滞
我站在屋檐下，给远方的你讲述暴涨的山涧
而闪电照亮屋子
迷路的戴胜在黑夜里轻轻地咳

了院的李树

她想在山里养一个梦
种下这株李树
在李树下坐着
双手粗糙，手里不停地忙活
有时候她会停下来
等待一瓣李花
或者一颗青涩的李子落下
她翘动脚趾
仿佛遇见穿白裙子的女孩
朝她递出
一朵花
再来的时候李子已经熟透，摔得稀巴烂
像她不再提及的曾经与愿望
她提着笤帚，把昨天的她从眼前扫去

礁石的缝隙

你向我提起一种我没有见过的生物
在风浪湍急的悬崖边
我们需要仔细寻找，才能在礁石的缝隙，找到
长成了礁石一部分的佛手螺
为了抓紧礁石，它们长出手指般的触角
在凹凸不平的礁石表面群居
长成礁石的盔甲
——我们需要用细长的金属工具撬开深入礁石肉体的触手
在皮肉上剜出漆黑的洞，才能带走它们
海浪再扑过来，洗刷礁石的创口。我们看见
身穿铠甲的勇士被刺破的伤痕
在阳光的照射下，流动的血液
不能再深了。再深，就深到我们看不见的地方
指甲在内心掐出的创面——
几只鸥鸟在我们站立过的地方，啄出残留的螺肉
我见过高原上的秃鹰，啄食
野狼留下的骨架——
你说，我们都站在食物链的一环
有时候吃其他生物，有时候被吃
我捧着手里的佛手螺
仿佛抱着一具人类的躯壳
我不能再写下去了，我在写一部《罪己书》
是的，诗就是这样
词语是一把无形的刀，它把我们自己剖开
一样一样摆放在自己面前：

我们更愿意粉饰它，至少让自己看起来比较体面

诗歌是个哑谜，一直在悄悄地发生

物外

一个人萎缩成一张纸，或者纸上的签名
我们生活在未知的前方
打开一本诗集，金沙江贴着岩石的突兀流过，在水上留下伤痕
一株马尾松陪着一页天空

"山河仍是旧山河。"[①] 诗句仿佛预言
我们从山崖上
抛掷命运的石头。命运是个大词，它牵动悬在头顶的绳索
我画下的昨天，熟悉
告别的味道，匆匆奔向水的深处

我们继续跳舞，用舞步填满
离开的空缺。风敲响彝人的大鼓，脚步声触碰我的脸颊
然后走远

---

① 王子俊诗句。

第五辑

长调

未达之境

1

栀子味的夏天
岩石。山坡

逃跑的小溪。悬钩子裸露
饱满的浆果，怀孕的腹部

她嘟起嘴唇
乌梢蛇甩着响尾——

树上的青果住进了木屋。藤萝系紧了栅栏

2

我们互道"晚安"，但寂静并没有真正来临
茶壶坐在火炉上。烧红的木炭
舔着壶底——
水蒸气吐露秘密：它们在窗玻璃上画画
再慢慢下落成小溪
小男孩跟着外公捕鱼。收获不错

河流两旁开满粉色蔷薇：蜜蜂在花瓣上
写字。一首诗因此而诞生

——这是他写下的第一首情诗

但并不知道献给谁

3

猫头鹰敲击时钟，黑猫溜上屋顶
试图捕捉月亮——
浅白色的光线从马尾松缝隙中漏下来
在灰色屋顶上摔成碎片

破碎有淋漓之美。她曾在油画布上
泼颜料，用刮刀代替笔
留下淋漓尽致的刮痕

森林里正下着第一场雪
林间的小路上，她慢慢踱步。"嗨，你掉了东西。"

——"你的脚印掉在我眼里了。"

4

我们会给对方写信。鼹鼠代替信使
覆雪的冬天只有拥有地下宫殿的小生物可以托付
它们将从床头
捎带回一颗榛果作为酬劳。我把另一座小屋
从信封里取出：

火炉上熬煮着土豆浓汤，配上熏鱼
炉火和星星在你的眼睛里跳跃

我们分享梦——有糖果的味道
蜜蜂将蜂巢留在树林里
有时候是暴风雪怪兽，吞食掉整个河面

鲟鱼潜在水底写日记：第六十八天，春天会轻轻
来敲门——
带着草地苏醒的味道

5

小火车醒来了。冒着黑烟
把更黑的煤炭运出去——
人们替代鼹鼠走进矿洞，额头上戴着矿灯
其中有一个是我们的外公，或者父亲

而我，将会坐上火车
去往南方——

在那里待上十八年，或者更久

6

你将留下来——在树林晃荡。偷走白头翁的孩子
训练它做一只信鸽

有时候，爬上树梢遥望
她在长满大山的另一边。乌梢蛇缠在
窗棂上，吐出预言：

没有人可以对抗遥远的距离

哲学老师所说的一切，都是为了让你们接受改变

会彼此忘却吗？
我从凉水井里舀起春天：深邃的目光，时光的隧道

7

小溪在若尔盖草原流淌
七月，格桑花开满山坡——

其中一朵顺着水流，漂向遥远
的大海
漂进男孩的梦里

躺在草地上打瞌睡。白头翁放弃成为信鸽
他即将成为一名水手
（母亲希望他做一名医生）

拥有属于自己的小船，在大海上终日漂泊

8

生物学老师刮下上皮细胞，涂抹在载玻片上
微观的世界宛如梦境
无规则的运动，吞噬。生存。死亡
身边来来去去的人——

一只鸣蝉吸食树的汁液
或者是另外一只

他掏出身体里的水手
放进储物柜，连同外祖父的渔具——

一些花偶尔开在笔记本里，然后悄悄凋谢

9

父亲坐上远行的列车，没有告别
母亲和我相信他会回来——

从他衣兜里掏出钥匙。打开种满蓝色鸢尾的院子
萤火虫是一个愿望
落在不同的花蕊上

列车也带走另外一些人，我们同样不知道终点

10

没有人能抵御时间的流水
乌克兰小伙娶走了邻居家女孩。前妻的女儿
像橱窗里的洋娃娃——
再出现的时候，拖着三个小孩
嗓门和腰身粗大

鳏夫约翰在一次狩猎中，失去了左眼

他拥有了更专一的世界——

在后山砍伐最粗壮的樟木。余生都在打磨自己的灵柩

11

我开始法学院的课程
跟随白胡子教授研究法律思想史，并企图
扯下他的眉毛

他在办公室里养殖盆景。被阉割的小叶榕垂下
长长的胡须

壁虎吐出红色芯子。他的全部信念，源于约束和道德。在
动荡的费洛蒙气息里

如同一只苍老的蜗牛，平衡雷暴

12

一场暴雨带来短暂的爱情
屋檐下只有我们两个：他递给我一把雨伞

并跟在我身后——
一前一后。没有太多交流。交换的电话号码丢失
于另一场雨后

"那只是生命的插曲——"我们在不同剧本里

饰演甲乙丙
并消磨更黑的黎明

13

这一年开始流行互联网：
有人一夜暴富，有人身无分文
我们在键盘上种菜，放养自己
羊群会在睡梦中自己长大，从

九宫格的绿色中
探出脑袋。朋友会生出贪婪之心，薅走园子
里的蔬菜和羊毛

动物遵守规则：食用投喂的饲料
不啃食果实以及蔬菜叶子，不会用犄角轻轻掀开栅栏

14

你穿上白大褂。白天，你是一名医生
夜晚，你是一个小说家
在白纸上放逐羊群——

你写：她有鬈曲的长发
野猫跑进她的怀里。她爱水手，在遥远的四川放养野马

云朵从蓝色连衣裙走进青草地

15

地球，最伟大的统治者，有它的小脾气
你走进川西北的高原——
心理学面对抖动后的废墟羸弱无力

忙碌，它比使命更善忘
你埋头于自己的写作生涯

写下的文字与银行、社群以及营销有关
有时候写诗
或者捏茶盏——

露水溢出她的眼睛

16

有时候他会出海，带回海鲈鱼
有时候空手而归——

"亲爱的，谢谢你把阳光和海水带回家。"他设想着
推开房门，小卷毛微笑着说

蔷薇花开满门前的小径

17

周旋于许多陌生人之间。你选择一个角落

坐下来——
一支点燃的雪茄是更好的道具

隔壁桌的小女孩，
偷偷舔了一下母亲点的冰激凌

18

不多不少的财富足够满足自己的小愿望
熙熙攘攘的人群都在奔命——

你可以坐下来，点一杯咖啡
用水蒸气写一首诗——你不是诗人。散落在空气里的蔷薇种子在
偷偷发芽，它们会长出藤蔓
开出粉红色的花朵吗？

19

你的船停靠在岸边

20

你们准备在一起——
星空坠落
烧焦了屋檐。你们的说话声像弹奏焦尾琴

河流制造了一个气泡
你们走进去，坐下来。天上更多的星星坠落

你们能够看清彼此
蔷薇花开在她的长鬈发上

萤火虫爬上树叶，点燃一盏灯

冬天，雪花和树

1

雪下了一整夜。明天是圣诞节
"礼物会结在树枝上，"她说，"或许是一枝冰凌。"

他们一直待在木屋里
炉火把房间烘得很暖和，猫在一旁做梦——湖水

开始解冻
鳟鱼跳到岸上

它是他们的孩子

2

松鼠在雪下窸窣地剥坚果。她等待他把果仁
喂到嘴巴里——

爱用触碰的方式表达

他喜欢她脸上堆起的婴儿肥。这让相处的时间
更长久一点

这是他的秘密

3

白天他们会去湖面上。凿一个冰洞
在洞口放一盏马灯

鱼会游过来。透明的世界

雪花在睫毛上跳舞。呵出去的空气迅速结成冰
在他们周围垒起冰墙

4

他喜欢做她的勇士。就像此时，罗非鱼被他的鱼叉
带出冰面——

她笑起来，一朵莲花悄悄开在冰面上

"你真能干——"
这是水手听过的最好听的声音

5

他们将迎来他们的生日，以及纪念日
并不需要特别的仪式

"是的，我爱你。我一直在这里——"

6

月光在屋顶上织布
整个冬天，雪都是森林的主宰

就像很多年前的冬天一样，铺满白雪的小路上
小卷毛走进他的眼睛

"那是一束光，点亮了余生。"他说

7

那是第一次，他感受到了
爱情。像陨石撞击了雪山

那是第一次，他有了成家
的欲望——

曾经的经历让水手的内心千疮百孔，他愿意修补
将余温当作礼物送给她

8

星期五有蓝色的眼睛，蓬松的鬈发
那是他们养在诗歌里的女孩

她会在每周五赶回来，带着星星花束
比谁都更能理解"爱情"

9

散发薄荷味道的女孩
爱睡懒觉的女孩——

诗里会跃出他们的食物——狗鱼、腊肠
以及萝卜

咖喱牛肉在火炉上咕嘟嘟地冒泡
野蔷薇在偷偷发芽

10

他相信一切都是命中注定，比如遇见
——驳船漂流在大海上。二十年前的冬天

鸥鸟站在船舷上，向他乞求一块面包
他们祈祷风雪早日停下

命运交给上帝
是的，他们是一枚小小的棋子，可以被利用、搁置

或者随时抛弃

11

海鸥答谢了他的馈赠，用一个眼神
水手看见了光

12

第七日。阳光穿破风雪投射到甲板上
船长从船舱走出来——

胡子堆满面颊，像这些日子丛生的烦恼

这一刻，笑容重新爬上脸颊
绝望的人们仿佛看见了陆地

13

回忆藏在种子里。他把它们种进花园

她喜欢的蔷薇爬满栅栏

14

有时候他们会讨论哲学。比如

什么是终极？
是黑暗和虚无吗？还是长久与无限？

在喀喇昆仑山脉还是马里亚纳海沟？

一只鹰隼可能知道答案

15

亚当和夏娃会一起种苹果树
现在苹果变成果酱涂在面包

片上——有时候他们会互相较量，通过
一首诗，或者一小段的静默

松鼠会从树屋上跑进来，在院子里画梅花
从她的身旁

再跑到他身旁剥栗子

16

相比在海上的日子，木屋
的冬天被蜜糖腌渍。不远处

天鹅在结冰的池塘边徘徊。它们应该飞向更远的地方
现在它们在这里定居下来

17

星期五带回食物和兽皮

她将把它们分送给邻居

小镇上住着许多孤独的老人。他们的孩子去了远方
还有一些人从来就没有过小孩

很快就要到新年了——

18

他也有梦想：在海边搭木屋
阳台可以看见最近的海岛

窗帘能够遮光——他喜欢看她睡懒觉的样子。阁楼
能看见整个星空。他们会在一起数星星

就像他当年在海上一样，木屋是另一艘船
把漂泊的梦带向港湾

19

时间吞噬着他们。而爱情不为所动
它在时间的洗涤中坚定

风吹着他们的面孔，诗就在触碰的眼神里成形

20

一封信把他召回昨天——发生在念青唐古拉山

的一次攀缘。他失去很好的视力，队友失去生命

他累了，躺在雪地里。他以为
下一刻就是死亡，他弄丢星座

梦想被打湿，跌落在远处草原上
牦牛的子宫里孕育着木屋的春天

现在，他等待神的拯救。他的眼神
布满了荆棘——

21

没有什么可以阻止爱情
挪亚方舟停在雪原之上

22

每个人生下来就注定被锻造、被击打
他已经习惯了磨砺

他要活下去——
他听见流水的声音，克什米尔翠雀花开出
蓝色梦境

23

她会推开栅栏走出来，来到他的面前

带着春天的阳光

"遇见就是一首诗，
每一天都很重要。"他总会这样说

24

他会牵着她的马匹回家，在布满碎石和冰川的路上留下脚印
鬈曲的长头发是他的梦

当时间缓慢地从故事中抽走
白头发和皱纹将走上舞台。时间的野马在森林里奔跑

在木屋周围踩踏出一片绿洲

25

年迈的水手即将完成他的作品——
木屋是一首诗，在阳光下闪闪发光

戴老花镜的女人坐在秋千上
轮廓被镀上金色

他走过来，她会放下手里的书
响尾蛇在蔷薇丛中喋喋不休，没有人会听它的谎言

花狸猫是他最后一个作品：从镜子中取出
蹲坐在他们脚边打盹儿
把他的梦重新做了一遍